KB071029

# 연습 중인
# 우리들의
# 삶 이야기

작가 이명숙

도서출판 청어

# 프롤로그

감사를 아는 사람은 다른 사람의 유익을 위해 산다.
더 중요한 것은 이런 철학을 가지고 사는 사람은
저도 모르게 발전하게 된다.

—윌리엄 제임스(William James 1842~1910, 철학자)

세상을 살아가다 보니 희망을 느끼고 긍정하는 방법을 알게 됩니다. 매사 누구를 만나든지, 누구와 함께 있든지 감사고, 감동이고, 감탄을 말하는 사람들은 표정과 맘 씀씀이가 긍정적이며 나아가고자 하는 의지가 강하여 희망찬 하루를 살아가고 있어요.

하지만 반대로 모든 불평불만의 원인을 외부에서 찾고 세상을 탓하며 불안 속에 살아가는 사람들은 우울과 실패 그리고 낮아지는 자존감 안에서 맴돌지요. 또 남 탓을 하기 위한 핑계를 찾고 상황을 모면하기 위한 타협점을 찾기도 합니다.

특정한 누군가가 그렇거나 반드시 그렇게 산다는 이야기는 아닙니다. 저 역시도 살아온 날들이 긍정이고 희망인 날들만 있었던 것이 아니기에 그들을 이해하지 못하는 것은 아닙니다. 하지만 그렇게 나를 원망하고 세상을 탓하다 보면, 타인과 세상 또한 나를 그렇게 바라볼 것이며 그런 부정적인 태도를 작은 일들에서부터 경험하게 된다는 것입니다.

나를 먼저 사랑하는 사람이 타인에게 사랑받는 건 너무도 당연하기에 저는 글을 써가며 나 자신을 사랑하는 방법을 배웠습니다. 사랑하는 내 가족이 연이어 이별의 고할 때도, 비바람처럼 매섭게 몰아치는 인간관계의 설움이 나에게 고통을 안겨줄 때도, 내 안의 작은 거인 명숙이에게 말을 걸며 마음을 다잡고 일어서는 날들이 많았습니다.

"그 누구의 삶이 아닌 너의 삶이란다. 지난 어제는 아프고 슬프고 기뻐도 돌아갈 수 없기에 추억의 날이라고 하자. 또한, 아직 오지 않는 내일은 누구도 알 수 없는 날들이기에 두렵더라도 멈춰있지는 말자. 그리고 오늘! 나에게 주어진 지금 이 순간을, 현재를 즐겨보는 거야. '카르페디엠' 현재를 즐겨야 내일이 온다!"

나는 쉼 없이 최선의 나를 '연습'했습니다. 이 '연습'은 좋고 나쁜 모든 경험을 승화한 나의 삶의 작은 실타래 같은 것입니다. 이 작은 실타래는 지금 당장은 힘이 없지만, 꾸준히 연습하면 내 몸 구석구석 체화되어 위험이 닥쳤을 때 나도 모르는 위대하고 강인한 힘이 되어줄 것입니다. 그런 믿음, 이 작은 실타래가 마치 밧줄처럼 단단하고 튼튼해질 것이라는 믿음, 어떤 역경에도 나는 나로서 최선을 다할 수 있다는 믿음으로 살아왔습니다.

꽃피는 춘삼월, 목련이 활짝 피고 수선화가 내 마음 깊이 들어와 밝은 미소를 만들어 주었는데, 며칠이 지나고 보니 시들고 줄기들만 남아 앙상한 나무들을 보며 생각했습니다. 오늘 지고 나면 다시는 못 보는 것들이 아닌, 혹독한 연습 시간이 지나고 내년에 만나자는 약속과 믿음이 있는 이별 인사는 마냥 아프지만은 않았습니다. 사계절 돌아 돌아 내년 겨울이 지나면 목련과 수선화는 또 피어날 것입니다. 더 단단하고 더 화려하고 더 아름다워지겠지요. 그리고 열매를 맺을 겁니다. 인고의 시간을 견뎌내어 우리에게 또 다른 희망을 안겨주기 위해 다가올 것입니다.

엄마는 늘 "사람도 크고 작은 경험을 통해 성장하고 더 씩씩해져야 한다"고 말씀해 주셨어요. 결국 나는 사랑하는 부모 형제와 서글픈 안녕을 고했지만, 그들이 가르쳐 준 '현실을 살아가며 충만함을 느끼고 배우는 일'은 저의 삶에 많은 영향을 주었습니다.

사람들이 힘들어하면 우린 위로를 건네지요. 공감하며 위로를 주는 방법을 찾아내기 위해 안절부절못하는 사람들도 만나봤어요. 우린 이를테면 '앞에 있는 친구가, 앞에 있는 원장님이 울고 있는데 어떻게 할까, 내가 무얼 할 수 있을까' 고민하다가 손수건을 꺼내며 안아주기도 하죠. 또 아무 말 없이 맛있는 밥을 먹고 차 한 잔의 여유를 즐기고 아무 말 없이 헤어지며 마지막 포옹을 하기도 합니다.

하지만 제가 가장 큰 위로를 받았던 것은 그 사람의 진심이 담긴 글이었습니다. 집에 도착해서 핸드폰에 그 사람이 메시지를 보았는데, 글을 통한 위로의 위대함을 알게 되었어요.

"사랑하고 존경하는 원장님. 당신은 지금도 멋지고, 앞으로도 멋진 분이십니다. 그런 멋진 분이 아파하니 제 가슴이 아프네요. 하지만 원장님, 우린 앞으로 나아가야 해요. 슬픔에 잠긴 채 아파만 하는 원장님의 삶을, 떠난 이의 사랑하는 사람들이 바라는 건 아닐 것이라 믿어요. 그러니 원장님, 우리 오늘만 아프고 내일부터는 웃으며 또다시 파이팅 해요."

'어쩜 이리 내 마음을 잘 헤아려 줄까, 그리고 나를 심지 강한 사람으로 표현해 주고 나의 내일까지 응원해 줄까'라는 생각에 힘이 났던 기억이 있습니다.

그때부터, 저는 시간이 있을 때마다 장소를 구분하지 않고 글을 써서 저장해 놓았습니다. 언젠가는 내 글들이 오늘을 연습 중인 사람들에게 도움이 되리라. 그러니 지금은 내 마음을 먼저 격려하고 회복탄력성을 기르자며 마음먹었습니다. 그렇게 하고 보니 마음이 한결 가볍고 편안해지기 시작했습니다.

세상이 온통 초록빛으로 물든 아름다운 날.

저는 '나'를 위로하는 연습이 이젠 사람들에게 희망을 주는 책으로 출간되어서 너무도 기쁘고 행복합니다.

내가 행복해야 타인에게 미소를 주고, 내가 아름다워야 상대방의 아름다움이 보이는 것처럼, 내가 먼저 행복하고 아름다운 사람이 되고자 노력해 왔습니다. 저와 함께 여러분도 오늘을 즐기는 사람이 되었으면 합니다.

여러분 사랑합니다.
그리고 감사합니다.
또한 고맙습니다.
앞으로 우리 모두 더 기쁘고 즐겁고
행복한 날들 되길 기원합니다.

2024년 5월
명숙이가 좋아하는 봄날의 꽃들과 함께

이명숙 올림

차례

2장

## 행복해지기 연습

## 3장

## 솔직해지는 연습

## 4장

## 용기내기 연습

5장

## 사랑하기 연습

1장

# 아픔을 이기는 연습

# 할
# 수
# 있을 때

할 수 있는 게 아무것도 없을 때
그때가
제일 슬프다
할 수 있을 때
최선의 열정
그런 날이 나에게 오길

# 사라진
# 계획표

눈을 뜨고 보니

계획표가 사라졌다

무엇을 해야 할지 모르겠다

어디로 가야 할지 모르겠다

지금 내가

# 노력

행복하기 위해
기도만 하는 사람
바라기만 하는 사람
희망만 노래하는 사람
가지가지다

나는
행복하기 위해
노력하는 사람이 되고 싶다
노력은 나를 긍정으로 이끌어 주기에…

# 함께

방긋 웃는 당신의 얼굴과
마주하고 보니

내가
힘을 낼 수 있었던 것도

내가 아주 많이 사랑하는 마음을 가질 수 있었던 것도
함께해서였네요

## 삶의
## 이유

아프고, 슬픈 건
내 감정의 솔직함이야

그런데
자꾸만
아파도
슬퍼도
참으라고 하니

삶의 의미가 사라지는 듯하네
삶의 이유가 없어지네

# 가치관

웃기다
내 기준
내 마음
내 가치관이 중요하지 않다

남과 비교를 해서
내 기준
내 마음의 상태
내 삶의 가치관이 정해진다

우리들의 삶이 그러네

## 혼자

혼자면 기분이 더 좋아진다

말하면 말하는 대로
웃으면 웃는 대로
화내면 화내는 대로
다 각기 이유에 맞춰 나불거리며
타인이라는 이름으로 날 힘겹게 한다

혼자일 때 좋아지는 건
내 맘대로
내 뜻대로의
무한한 자유가 있기 때문이겠지

# 고통

고통은

홀로서기의 하나밖에 없는 친구 같다

아픔의 경험을 가르쳐주고

일어서려는 법을 가르쳐주니

말이다

## 나의 아픔

푸른 하늘은
야속하리만큼
파아랗게 맑고
높기까지 하구나

흰구름
함께라며
노래 부르니
부럽기 짝이 없다

그 속에 나는 지금
드넓게 슬프고
깊숙이 아픈데

# 소중한 것

나이는 들어가고
용기는 사라지고

씨앗처럼
힘겹게 시작한 작은 것들이

뿌리처럼
더 소중해지는 거겠지

꽃처럼
더 아름답고 싶은 거겠지

열매처럼
더 잘하고 싶은 거겠지

# 긍정

긍정의 마음을 아는 사람은
나누는 마음을 아끼지 않아
아픔을 안아주는 여유도 있지

오늘
그런 친구
나에게 와 주면 좋겠다

# 절대

지금의 내 상황들이
열등과 낮은 자존감
깊은 수렁으로
나를 이끈다

누구나 다들 힘들다고
힘내라고 열정을 가지라고
나에게 말해주지만

쉽게
그렇게
가볍게
일어서지지 않는다
절대 긍정인 내가…

## 꽃잎

아픈 만큼 커가는 나무는
열매를 맺는 그 순간까지
누구보다
더 열심히 인내하며
버틴다

바람이 불면 바람과 싸우고
비가 내리면 비바람을 이기며
뜨거운 태양 아래 힘을 낸다

지금의 이 아픔이
나에게 활짝 핀
인생의 보랏빛 꽃잎이 되겠지

## 달콤

인생의 지루함은 역시
달콤함이 딱이지

나 힘들 때
맛있는 밥을 사주는 친구가 힘이 되고

나 아플 때
전복죽에 약까지 사 오는 네가 있기에

달콤한 초콜릿 같은
절망을 희망으로 끌어주는

네가 딱이야
나에겐
네가 찐이야

# 사랑 방정식

사랑은 일방통행이 아니야
사랑은 단독행동이 아니야

사랑은 미지와 함께하는
어려운 방정식 같은 거야

미지의 마음을 헤아려
더하고 빼고
나누고 곱하여
정확한 마음을 전하며
서로의 애정을 구하는

표현으로 드러내고
행동으로 증명하는

아름다운 방정식 같은 거야

# 행복해지는
# 방법

행복해지기가 제일 쉽다

그냥 웃으면 된다
그냥 기뻐하면 된다
그냥 현실을 받아들이면 된다

그러면 행복해진다
그 이상도 그 이하도 없다는 사실을
아는 순간

진짜 행복해지는 인간의 기본 심이기에

## 너

좋은 건 좋은 대로
슬픈 건 슬픈 대로
그렇게
지켜봐

지금 제일 중요한 사람은
너니까

## 노을

지는 해는 참 이쁘다
뜨는 해를 볼 때보다 더
여유가 생겨

아마도 오늘 하루
무탈했다고 말하는 걸 거야

아마도 오늘 하루
날 지켜준 너에게 고마워하는
노을 같아
더 이쁜 거 같아

# 파아란
# 하늘

파아란 하늘은
자유로워 좋겠다

구름따라 가고 싶어진다

어디든
언제라도
행복찾아

구름처럼…

# 너의 길

계속 달려라
가다 보면
가고픈
너의 길들이 하나씩
정리되어
널 반기리라

# 우리는

우리는 아니라고 말은 하지만
마음이 울고 있다

우리는 좋아진다고 말은 하지만
몸이 아파하고 있다

우리는 행복하다고 말은 하지만
사실은 기쁘지도 행복하지도 않다

우리는
그렇게 아니라고 만 한다
우리는
그렇게 아닌 척만 하고 산다

그래서 슬프다

# 간절함

간절함은 애절함을 이기지 못한다
사랑함은 이별을 이기지 못한다
인생은
고달픔보단 달콤함이 더 오래간다
그래서 우린
사랑도 하고
행복도 찾고
슬픔도 이긴다
우리는

# 우리
# 모두의
# 자유

아름다움은
우리
모두에게
주어진
자유다

나에게
너에게
우리 모두에게

자유를 찾아주자

## 너의 말

예쁜 친구는 나에게
고맙다 말한다

사랑스런 친구는 나에게
행복하자고 말한다

덕분에
너와 나의 행복지수가 올라가는 듯해 좋다

덕분에
나는 나의 고마움과 행복감을 함께 나눌 수 있어 좋다
모두 다 너의 말 덕분에

# 고마워

항상 힘을 내주는 너에게 사랑한다
전하고 싶었어

항상 아픔을 이겨내는 너에게 고맙다
말하고 싶었어

그런
너는
그렇게
나에게
항상 고마워

## 소낙비

고장난 시계처럼
내 인생의 중심이 멈춤에 서게 되는 것 같다

가까운 이의 위로와
감사의 메시지는
잠깐 내려주는 소낙비 같다

고장난 내 삶처럼
내 하루가 행복해지지 않는 것 같다

누구의 도움을
희망하는 건 아니다
어떠한 것들도 충족될 수 없음을 알기에

나의
마음수련이 지금은 소중하고 중요하다는 것까지

# 추억

여행으로 얻는 힐링의 시간들
우린 그걸 추억이라고 하지

추억은
내 삶의 그림자처럼

추억 속으로
내 삶의 연장선을 그어주지

추억은
그렇게 나에게 그리움이 되어가지

## 약속

지킬 수 있을 거라
나는 너에게
새끼 손가락 걸고
약속을 했지

지킬 수 있을 거라
너는 나에게
마음 다해
약속을 했지

우린 서로 그렇게
약속을 했는데…

## 햇살

눈부신
햇살이

창문과
커튼
그 사이로

스르르
으르르

기분이 좋아진다

## 진실하게
## 착하게

항상 생각하며
항상 행동하며

매 기쁘게
매 행복하게

그리고
좀 더 진실하게
좀 더 착하게

그리 좀 살아보자

## 고목
## 나무

고목나무는
힘이 없다

꽃이 피지 않을 거라는
사람들의 생각이
꽃이 피는 계절이 되어도
반응이 없는 모습이
고목나무가
쓸모 없게 된다

보는 생각이
보이는 모습이
사람을 판단하는 것처럼

# 우리
# 모두의
# 아픔

그냥 그대로 있어도 된다
혼자만

시리고 힘겨운 게 아니라서
더
그냥 그대로 있어도 된다

우리 모두의
아픔과 시림
우리 모두의
슬픔과 가시

그래서
그냥 그대로 있어도 된다

## 시간

시간 속에 나를 가두어 버린다
바쁜 일상은
당연하다는 듯
돌아가는구나

시간을 쫓아가는 날 만나니
아프네
슬프네
시리네
여린 마음이 더 여려진다

시간을 정리하자
시간을 잡아보자
지금부터

# 후회

살면서
내가 뿌리는 원망은 어두운 빛이다

후회하고
실망하고
또 후회하며
우리는 살고 있다

스스로를 희망으로 이끄는 힘도
스스로에게 긍정을 말하는 에너지도
내가 용기내면 되는걸

그게 안 된다

그게 버거운 날이다

# 자유로움

나비는 하늘을 날며
자유롭게
이곳저곳의
아름다움을
맘껏 보는구나 여유로운
사람들처럼

그러나 꽃밭에 홀로 앉아
자리 지키는 어여쁜 꽃들은
맘껏
몸껏
할 수 없음에 눈물이 나네
나처럼

그러나 나비처럼
나도 자유롭게 날아가고 싶다
나를 알아보는 아름다운 꽃에게로

# 사춘기
# 소년

내 감정을 들킬까봐
두근두근
사춘기 소년같다

불혹의 나이가 되고 보니
누군가에게
내 마음을 알리기가
이리도
힘겨웠구나

순수함이 영원할 줄 알았는데…

# 할 수 있는 일

내가 할 수 있는 일들
그걸 찾으면 된다
그걸 하면 된다

그래서
내가 하면 된다
내가 바라던
내가 되면 된다

# 빛나는
# 별

빛나는 별들이

오늘 밤은

네 거라고

말하네

# 빗소리

조용한

대청마루에

뚝뚝

떨어지는 빗소리가

피아노 건반처럼 청량하네

조급한 마음에 창문을 열어

빗속에 나를 비추려 하니

은은한 소리가 반겨주네

오늘은 온종일

빗소리 소나타 들으며

조급한 마음 달래고 싶네

# 혼자

혼자인데 혼자가 아닌 듯한 하루
잘 해낼 것 같은데 안되는 날

그런 날
나는 잘하고 있는가

제일 먼저 나를 돌아보지
답은 없는데

나는 묻고 또 묻는다
나에게만
자꾸만

# 등대

여전히
밤이 되면
누군가를 위해
아낌없는 사랑과 행복으로 불을 밝혀주는
아름다운 등대처럼

오늘은…

# 상처

상처는 깊다
상처는 사라지지 않는다
상처는 그림자 같다
상처는 그렇게 함께 살아가는 동지다

그런 상처를
말 한마디
위로 한마디로
사라지게 할 수 있는 이가 있을까

없다, 없을 것이다
그러니 쉬이 떠들지 마라
네 맘 다 안다고

# 흔들리는
# 대나무

아픔 · 슬픔 · 사랑 · 기쁨
순간순간 감정의 색깔은
알까

그때마다 마음은
흔들리는 대나무 같다는걸

어떤 슬픔에도
어떤 아픔에도
어떤 사랑 앞에서도
어떤 기쁨 앞에서도
굳센 내가 되고 싶은 이 마음을

## 2장

# 행복해지기 연습

## 허탈

갖고 싶은 것들을 다 갖는 순간
왜
허탈할까

아마도 그건
진정 내가 갖고 싶은 게
아니었기 때문이리라

착각 속에서
타인의 삶을 바라며
내 삶을 잃어버렸으리라

# 용기

가치 있는 삶은

내가 가지고 있는

내 안의 모든 열정을

세상 밖으로

초대하는 용기에서 온다

# 웃고 있는
# 당신

항상 웃고 있는 사람과 함께

나누는 시간은

언제나

계속되고 그리워하게 된다

## 그때

행복의 가치
소중하고 중요한 일상이 되고 싶다
행복이란 도구를
이용하고 사용하는
그때
진짜 행복감이 오리라.

# 나의 행복

행복은 크기가 중요하지 않아 보인다
그 순간 순간
내 삶에서 느끼는 시간들

삶 속 행복에 대한 빈도가
나에게
반복되는 시간들

그날이 내 진정한 행복의 날이 되길

# 이 순간들

밀어내지 말자
내가 살고 있는
지금의 이 순간들

앞질러 가려 말자
내가 가고자 하는
소중한 시간들을

천천히 가더라도
기쁘고 행복해지자

## 예쁜 거짓말

감사한 거짓말
상대를 아프게 하지 않기 위한 말

고마운 거짓말
상대를 기쁘게 하려고 하는 말

행복한 거짓말
상대를 위한 배려의 말

때론 진짜 거짓말이 이쁠 때가 있다

## 관계

관계를 잘하는 사람과 이야기하자
관계를 소중하게 여기는 사람과 대화하자
관계를 아끼는 사람에게 배워라
관계를 지키는 사람과 인연을 맺워라
관계를 배려와 이해를 알려주는 사람을 만나라
관계를 사랑하는 사람이야말로
큰마음을 가진 사람이다

# 나의
# 정체성

나의 마음을 헤아리지 못한채
나의 행동으로 결정해 버린채
나의 내일을 결정해 버린채
나의 인생을 말하는 사회
나의 정체성을 찾고 싶어
나의 진심을 말하려 하면
다들 말한다
그만하는게 좋겠다고 하는 사회
거기에 내가 있다

# 연습

연습이 필요해

한발짝 한발짝

하나씩 하나씩

천천히 천천히

앞으로 앞으로

모든 인생엔

연습이 필요해

## 나

나는 행복하다
나는 즐겁다
나는 기쁘다
나는 감사하다
나는
나라서
더
행복하다

## 불행

불행은
참
단순하다

있는
그대로를 바라보며

보이는
그대로 움직이며, 그대로 생각하고, 그대로 말하기에…

## 행복감

행복감은
행복에서 오지 않는다

우울하지만
긍정으로 바라봐 주는 눈을 가질 수 있는 여유로운 마음

슬프지만
이겨내려고 노력하는 열정과 행동의 힘

아프지만
자기를 극복하고 자아를 실현하는 셀프토크의 힘

거기서 행복감이 온다

## 꽃잎

고마움.
잊고 있던 내 생일을
오래된 친구가
기억해 주는 고마움

감사함.
늘 반복되는 일상을
재밌게 살 수 있도록
함께해 준 친구의 감사함

행복감.
우울모드로 잘 풀리지 않는 일속에
나를 몰아세우는 나에게
힘내라, 넌 충분히 멋지다
응원하며 행복감을 주는 언니

이렇게 나를 위해주는
싱그러운 잎들
그리하여 주인공이 되는 오늘
나는 꽃으로 피어난다
고마운 이들에게
향기를 전하려고

## 그 사람

구속받지 않고 살아온 사람은
해맑다

남의 눈치를 받지 않고 살아온 친구는
자유롭다

타인의 삶보다 자신의 삶을 먼저 생각해 온 사람은
독립적이다

그리고 해맑고 자유롭고 독립적으로
자신의 삶을 가꿔온 그 사람은
다른 이들과 함께
행복하다

# 엄마의 행복

내 기억 속 우리 엄마는
언제나 바빴다

내 추억 속 우리 엄마는
항상 웃고 있었다

내 아련한 기억 저편
엄마는 아무리 힘들어도
내 앞에서는 늘
긍정적이고 행복해 보이셨다

자신의 모든 걸 내려놓고
자식에게 모든 걸 내주신
우리 엄마의 행복은
나를 향해 있었다
늘 그랬다

## 연습 시간

아픔을 아는 사람이
상대방을 안아줄 수 있다

마음의 여유가 있는 사람이
다른 이의 슬픔을 나눌 수 있다

행복을 나누는 사람이
함께하는 방법을 알고 있다

그에게는 많은 역경과 고난
그리고 자신을 갈고닦는 고독
피와 땀과 눈물의 연습시간이 있었을 것이다

# 인연

누군가
필요에 의해 만들어지는 인연은 가볍다
우연이라도
그런
인연은
만들지 말자

# 그리운
# 사람

내가 행복해지고 싶을 때
그리운 사람
그런 사람을 내 옆에 두자
그래야
내 삶이
행복하다

# 널
# 위로해

가슴에 멍이 나고
시린 몸과 맘이
아물지 않을 때

아픔을 다 안아줄 수는 없지만
너의 아픔을 내가
조금 덜어가고 싶다

온 마음으로 널 위로해
넌 내게 소중한 존재야
오래도록 함께하자
그런 말 한마디…

그런 한마디 말이
너를 살아가게 한다
나를 돌아보게 한다
우리를 함께하게 한다

## 친구의 부정

잠재의식 속에
부정적인 말을 반복해서 하는
친구와는 멀리 해라

그 친구의
부정이 나에게 전의되는 건
시간문제가 될 테니

## 포기하지 않으려는
## 노력이
## 행복으로 가는 길

한참을 뛰었는데도
제자리걸음으로 달리는
나는 후회부터 하기 시작한다
시작도 하지 말 걸…

그리곤 또 후회한다
포기를 처음부터 하지 않는 나를
포기했으면 이런 느낌 이런 감정으로
나를 괴롭히진 않았을 걸 하는 생각들…

시도조차 하지 않고 포기한 자는
실패한 자보다 훨씬 불행한 인생

포기하지 않으려는 노력이
삶을 행복으로 가는 길로
안내하는 표지판이니

## 순간

스트레스를 웃음으로 승화하는 긍정에너지
우리는 그걸
도파민이라 한다
행복해지는 호르몬이라고도 말한다

과학적이고 심리적인 청사진
그 모든 것들이
내게는 너무 먼 비현실로 보일 때
나는 가장 나다운 해결책
가장 현명한 방법을 찾는다

단것을 먹고 휴식하고 친구와 만난다
그리고 가장 나다운 단순함을 택한다
그럼 모든 문제가 다 해결되는 듯하다

순간순간이 이어져 하루가 되고
일주일이 되고 일 년이 되고
일생이 되듯이
나는 가장 나다운 순간들을 살아보련다

# 자존감

자존감이
결정하는
자기애

자존심이
알려주는
불안감

자존감을 풍선처럼 키우고
자존심을 겸손처럼 내리는
행복을 찾기부터 하자

## 인생

즐거움을 찾는 사람
행복이 따르고

슬픔을 찾는 사람
아픔이 따른다

인생이 다 그렇다

# 지금
# 당장

불행
불만
불평
불황
불쾌
가득한 하루에서

불빛
불꽃
불씨
불끈
불금
같은 하루로

행복해지자
지금 당장!

# 너보다
# 친구를

친구 너는 원래 그랬어
친구 너는 항상 그랬어
친구 너는 언제나 그랬어
친구 너는 어디서든 그랬어

너보다
나를
너보다
친구를

# 슬픈
# 노동자

감정은 노동자 같다

내가 이끄는 대로
움직이며 따라다니는
영혼이 사라진 노동자

오늘은
슬픈 노동자에게
술 한잔
사고 싶다

힘내

# 내려
# 놓음

소유하고자 욕심을 부리면
달아나는 것들이 많다

욕망을 갖고자 힘을 다하면
사라지는 것들이 많은 것처럼

내리고
또 내리다 보면

버려지고
버리다 보면

다 채워지는 것이
행복이다

# 이런 사랑

사랑은 왜
기쁨보다
아픔이 더
힘이 셀까

사랑은 왜
이해보다
독단이 더
반복될까

이런 사랑
나는 아픈데
너는 아프지 않니

## 꼭.

기도하는
마음으로
매 순간 순간
최선의 노력으로 살아온 우리들 앞에

꼭 행복이 펼쳐져야 한다
꼭 기쁨들이 반복되어야 한다
꼭 아름다운 내 삶이 되어야 한다

꼭.

# 그 사람도 나다

삶의
만족과 기쁨을 느끼는 사람도 나고
그 마음을 조정하는 사람도 나다

하루의
슬픔과 아픔을 느낌으로 타인에게
전해주는 사람도 나다
너와 나 우리의 마음을
아우르는 사람도 나다

세상 제일 위대한 감정의 주인공
그 사람도
"나"다

# 칭찬
# 없는
# 세상

누구도 나에게
잘했다고 선뜻 칭찬하지 않는 세상

누구도 나에게
덕분이라고 말해주지 않는 세상

우리는 그런 세상에
약해지지 않으려 자신에게 말하지
익숙해지라고 약해지지 말라고
강하고 모진 삶을 강요하지

내 마음에 찍힌 말발굽과 채찍 소리
끝도 격려도 환호도 없이
행복은 멀어지만 가네

## 나무
## 그늘

나무그늘은

매번

그렇게

그 자리에서

나를

위해

시원한 그늘로 서 있는 것 같아

항상 고맙다

나도

이젠

누군가의 그늘이 될 준비를 천천히 해야겠다

# “네”

지금, 당신은 행복하세요?

그러면 큰소리로
“네”라고 말할 수 있는
어제보다
조금 더
나아가는

‘내’가
되고 싶다

## 바이러스의 양면

바이러스는 무섭다
아픔보다 더한 슬픔을 넘어

내 삶을 순식간에 사라지게 하는
마치, 도둑놈 같아서

바이러스는 그래서 무섭다
행복, 웃음, 기쁨, 사랑애를 퍼지게 할 수도 있으니 말이다

그래서
고맙고, 감사하고 또 행복해진다

동전의 양면처럼.

# 생각의
# 기준

행복하구나
잘 사는구나
라는 기준은 우리의 생각
즉
우리 각자가 마음에 만들어 놓은 것이다
그래서
스스로 바꿀 수 있다
언제든지
어디서든

# 좋은
# 사람

흥을 부르는 사람들은
늘
즐거운 표정을 한다

그런 사람들의
노래를
따라 부르다 보면
내가
더 재미있어진다
내가
더 행복해진다

좋은 사람을 가까이하는 법부터 배우자

## 하루

좋았던 일들만 떠올려라
하루가
행복해질 거야

# 여유
# 로움

커피 한 잔의 여유로움을
혼자가 아닌

다닥 다닥 소리를 내며
창틀 사이사이로
요란스러움을
뽐내는 너와 하는구나

너에게 귀를 기울일수록
소란스럽고, 험난한 요즘 세상살이 같다
우습게도
자꾸만 빠져드네

## 달콤

행복해지기 연습을 하기로 했다

일단
만 보 걷기를 도전하고
식단을 조절하고
건강식품을 챙겨 먹고
친구를 만나 수다를 떨었다
좋아하는 커피 한 잔도 마시며
행복하다 생각하며 보낸 하루
음
그런데 있지

행복하기 위해 억지를 쓰고 있었어
행복은 있는 그대로 자유로움과 편안함에서 오는 건데

연습 중인
우리들의 삶 이야기

## 행복

생각이 반복해서 많다 보면
결국 아무것도 못 하고 멈추게 된다
그럴 때는
단 하나만 생각하는 연습을 하자
'행복'이 반복될 거야

## 대화

내 감정을 이해하고 표현하고 공감하는
나 자신과의 깊은 대화보다
타인들과의 대화가
중시되는 세상

언제쯤이면

나를 먼저 생각하게 될까

# 3장

# 솔직해지는 연습

## 너니까
## 나니까

예쁘지 않아도 된다
많은 걸 갖고 있지 않아도 된다
자랑거리가 없어도 된다

그냥
너니까
그냥
나니까

사랑하는 거야
사랑받는 거야

## 아픔의 이유

아픔의 이유를 찾으려 애쓰지
이유는 찾을수록 아프다
많아질수록 버겁다

어쩜 누구에게나 이유가 있고
핑계가 있는 나날일지 몰라

만약 우리 모두가 아프다면
아무렇지도 않은 사람이
오히려 아픈 걸 수도 있어

## 그대로

뭘 주려고 애쓰지마

바뀌려고 하지도 마

너

있는

그대로

그렇게

와줘

## 솔직

좋을 때보다
힘들고 더 지칠때

너는 너에게
너 자신에게

더 솔직해지면 좋겠다

# 진심

진짜 위로는

그 사람이
상대방을 이해하는 것이 아니고

그 사람이
상대방이 진짜로 되어보는 것이다

그 사람의
진심을 볼 때 마음이 다가간다

## 참 사람

진심으로
고마움이 깊이 남은 사람

가슴으로
감사함이 오래 기억되는 사람

그런 사람이
너였음
좋겠다

그런 사람이
나였음
좋겠다

참사람

# 흘러
# 흘러

흘러
흘러
가다보면
내 인생의
종점을 맞이하겠지
절대로
맘대로
헛되지 않는 노력의
내 삶을
자랑스러워할 거야

# 가장
# 큰
# 에너지

솔직하다는 건
그사람의
가장 큰 에너지다
때때로
이해하지 못하고
바보스럽게 바라보는
이 사회가 이상해
진짜 이상해

# 기도
# 합니다

기도합니다
마음이 튼튼한 사람이 되게 해주세요

기도합니다
감정이 솔직한 사람이 되게 해주세요

기도합니다
웃음이 있어 긍정인 사람이 되게 해주세요

기도합니다
진짜를 좋아하고 진심을 행하는 이가 되게 해주세요

두 손 꼭 잡고 기도하나이다

# 버리는 연습

아끼는 것도
버리는 것도
내 맘이지만

아끼는 것도
버리는 것도
연습이 필요하다

진짜 내 감정이 되려면…

## 너의
## 거짓말

예의 있게 거짓말을 하고
순수하게 착한 헛소리를 하는 너였지만

그때마다
나는
이해할 수 있었어
왜냐면
너는
항상 솔직했으니

# 감정
# 연습

화날 때
화내는 것도

기쁠 때
기뻐하는 것도

울고 싶을 때
눈물 흘리는 것도

내 감정의 순환 연습이 필요하단다

## 솔직한
## 생각

당신에게
당신이 솔직했다고 생각하는
순간

당신은
한결
맘이
편안해질 겁니다

# 오늘은

가고 오지 않는 수많은 날들
속에
진짜 나는
얼마나 될까

오늘은
진짜
진심

나로 살고 싶은 날이다

## 솔직함의 연습

나를 사랑했으므로
나는 행복하다
나는 괜찮다
나는 힘이 난다

솔직함의 연습은
나에 가까워지는 연습
내가 되는 연습
나는 나다

# 진심
# 힘내

울고 싶을 때 울고
웃고 싶을 때 웃는 건

가장 솔직한
내 감정표현이야

가장 나다운
내 삶을 살고 있다는 증표야

# 결국

쓸데없는 허영심도
거만과 오만의 잘난 체도
보여지는 자존심도

진심을 이기지 못한다
결국
진솔함은 그 사람의
강력한 무기가 된다
신뢰가 된다

# 그럼에도
불구하고

잘했다

좋았다

라고

진심으로 힘껏 격려의 말을 해주는 사람은 없다

본디 인간의 본능은 경쟁의 심으로

여유로워질 수가 없는 법인지라

그럼에도 불구하고

나에게

그럼에도 불구하고

너에게

엄지척을 해준다.

## 너는
## 나에게
## 늘

자랑하고 싶은 내 친구
아끼고 싶은 내 친구
보고 싶은 내 친구
내 인생, 모든 추억 속
사랑하는 내 친구

너는
나에게
늘
그렇게
늘
진심이었어

## 진심의
## 가치

진심 다해 내 모든 걸

다

보여주면

반드시

진심 다해 돌아오는 진심의 가치를

나는 믿는다

# 살다
# 보니

세상은 참 불공평해
말하는 순간
불공평해지더라

살아보니 인생 참 공평해
말하는 순간
세상은 공평해지더라

살다보니
살아보니

말하는 대로 살아지더라.

# 라구요

슬픔을 이기지 못해서
울고 싶을 때…
누군가
나에게
망설임 없이
당신의 어깨에 기댈 수 있게 빌려주며

실컷 울어도 됩니다
맘껏 소리 질러도 됩니다

라구요

# 그런
# 법이지

말할 때
그 사람의 인성이 보이는 법이지

행동할 때
그 사람의 인격이 보이는 법이지

양보할 때
그 사람의 진심이 보이는 법이지

배려할 때
그 사람의 솔직함이 보이는 법이지

사는 게 그런 법이지

# 내
# 그림자

내 그림자는 바쁘겠다

동쪽으로 피어나면
뛰어야 하고

서쪽으로 지게 되면
지쳐 아프고

남쪽으로 달리다 보면
턱까지 오르는 숨을 참아야 하고

북쪽으로 걷다 보면
휴식 없이 걷고 또 걸어야 하니

그림자는 늘 바쁘겠다

# 그대로의 나

진심
진실
솔직
겸손
있는 그대로의 나

결국
그것이
통하더라

## 솔직했던
## 하루

싫습니다
안되겠습니다
죄송합니다
미안합니다
다시 한번 해주세요
아니라고 생각합니다

오늘 참
솔직했던 하루
특별히
더
감사합니다

## 그런
## 사람

내 것을
주는 마음
고마움이 넘어
아낌이다

내 것을
배려하는 마음
감사함이 넘어
고마움이다

그런사람 내 옆에 있어
행복하다.

## 파랑새

아직은 모든 걸
다
잘 모르겠지만

지금껏
보내온 시간을
속속들이
살펴보니
가다 보면
내 삶의
봄날은 오리라
내 삶의 파랑새는 있다

# 뜬금
# 없는
# 고백

나라서 좋아요

너라서 좋았어

서로의 위로가 필요한 시간의 추억들

뜬금없는

고백을 받고

기분이 좋아지네

진짜

진심

## 좋은
## 사람의
## 무기

내

진짜 감정에 솔직해지는

길이

관계에서 좋은 사람이 되는

가장

빠른 길이야

감정은 좋은 사람의 무기니까

## 나에게
## 하는
## 위로

이별의 아픔을 이기고 있는
나를 보며
넌 말했지
독하다고…

아니야
사실은 스스로 속이며
나를 위로하는 중이야

"넌 아무렇지 않아
"넌 다 이길 수 있어"
라는 울부짖음을 소리 내지 않을 뿐이야

진짜 나는
나도 몰라

# 숨바
# 꼭질

좋은 관계를 갖고 싶은데
잘 안될 땐
다
이유가 있다

자꾸만
내가 아닌
다른 이에게 찾으려 하니

숨바꼭질을 하게 되지
나를 봐

# 후회스런
# 날

보고픔은
그리움이야
그리움이 쌓이면
후회스런 날이 쌓일 거야

지금이라도
후회스런 날을 아껴봐

## 늘

언젠가부터

솔직한 감정으로 대하지 않았을 거야

늘

감추고

늘

모른 체 하고

늘

알려고 하지 않은 채…

# 딱
# 너만

안아주고
반겨주고
사랑해주고
기뻐해주고

울어주고
위로해주고
아파해주고
슬퍼해 주는

딱 한명의 친구
너만 있으면
돼

## 여행자의
## 삶

세상살아 보니
영원함은
절대로
존재하지 않는다

때론
아프고
가끔은
사라지고
때때로
슬프고
한번씩
기쁘기를 반복해 간다

그것이 여행자의 삶이다

# 작은
# 행복의
# 기쁨

행복해지길 바라는
내 마음이
전해지고 있나 보다

그 사람이 웃고 있고
그 사람이 기뻐한다
그 사람이 오랫동안 기억하며 살았으면 좋겠다

이 작은 행복이 주는 기쁨을

## 버리면 되는 것

기대하는 만큼
상처의 깊이가 커가는 것

기대하는 만큼
아픔의 시간이 길어지는 법

실망보다
더
큰
기대
그걸 버리면 되는 것을…

# 한 번의
# 인생

힘껏
달려라
후회 없이
행해라
기회 있을 때
잡아라

돌아올 수 없는
한 번뿐인 인생!
오늘의 장미는
오늘 붉게 타오를 뿐이다

# 가시
# 같은
# 사람

가시 같은 사람과는

말을 할 때도
맛난 걸 먹을 때도
일을 해야 할 때도
늘 불편하다

아니라고
괜찮다고
말하지만

그게 솔직한 내 마음이다

# 사랑한단 건

사랑한단 건
다시 보아도
다시 느껴도
그 사람이
그 모습
그대로 보일 때다

## 솔직하게
## 사는 것

삶을
쿨하게 사는 건
솔직하게 산다는 것

다시 말해

자연스럽게
편안하게
급하지 않게

살아간다는 것

# 같은 마음
# 다른 마음

단아한 수선화 같은 마음
붉은 장미 같은 마음
샛노란 프리지아 같은 마음

꽃도 색에 따라
꽃도 이름에 따라
다른데

수많은 사람은
얼마나
많이
다를까

# 당신의
# 충고

눈치만 보고
네가 해
내가 해
서로에게
앞다퉈
미루기만 할 때

용기 내어

말하는 당신의 진심 어린 충고
반할 것 같아요

4장

# 용기내기 연습

# 나를
# 위한
# 용기

수많은 장애물을 넘고
또 넘어도
늘 비포장도로에서
벗어나지 못하는
나를 만난다

이럴 땐
망설임 없이
다시 일어설
나를 위한 용기가 필요하지
암만

## 보이지 않는 위대함

뽀빠이는 올리브의 칭찬에
양팔에 힘이 불끈 솟아나
악당을 물리친다

힘을 만드는 진짜 힘
힘이 되는 목소리

보이지 않는 위대함이다

# 공감

사실
나는, 지금
너의 깊은 위로와
너의
공감해주는 마음이
아주
많이
필요해

# 용기 내기 연습

뭘 시작하기에
두려움과 망설임이
많아지는 나이

뭘 도전하기에
결과와 결론을
예상하는 나이

뭘 하려거든
아무 생각없이
지금하는 나이

용기 내기 연습이 필요해

# 나의
# 감사
# 일기

매일 매일 쓰기 시작한

나의 감사와 나의 칭찬일기가

내 머리와 마음

그리고

몸으로 이동 중임…

TO DO LIST
- TRAVEL THE WORLD
- BUY NEW PLANTS
- DO NOT BE

## 용감함

주저함 없이
용기를 내면
잘 될까
잘 되겠지

누구보다
용감함이
앞섰으니

멋지다

## 자존감 쌓기

자신감이 사라지려 하면
자존감 쌓기를 해야 해

뇌는
살아
움직이는
나에게
기회를 주니까

## 용감한
## 그대들

지금
내 자리 내 인생에 집중하며
사는 것

제일 현명하고
제일 용감한 삶을 살아가는

사람들이야.

# 한번은

생각이 늘 깊을 필요가 있을까
행동이 늘 바를 필요가 있을까

한번은
반대로
한번은
거꾸로

살아보는 것도
용감해지는 것도

멋질 것 같아

## 해보자

괴롭힘에
맞설 때
용기를 내고
스스로 있는 그대로
보여준다면
나는 분명
상대방을
이길 수 있으리라
나 자신을
긍정할 수 있으리라

믿는다

한번 해보자

# 너나
# 나나

힘내라는 말보다
신나는 웃음을 줘봐

좋아질 거라는 말보다
행복한 얼굴을 보여줘

사실
너나 나나
사는 게 다 똑같잖니

각자 힘내는 용기 내자
각자 신나는 용기 내자

## 도전하는
## 사람

한 자리에 머무르지 않고
매사 모든 것에
도전하며 살아가는 사람들은
타인의 눈에는
힘들고 힘겨워 보이지만
자신의 선택지를 찾아가는 중이지

괴테는 『파우스트』에서 말했지
"인간은 노력하는 한 방황한다"고
노력할수록 방황하는 삶
방황할수록 넓어지는 인생
그 인생을 긍정하고
그 인생에서 긍지를 느끼는 삶
그건 정말 용감한 인생이야

# 궁정적인
# 사람

마음이 따뜻하고

긍정인 사람은

언제

어디서든

누굴

만나든

한결같이

따스한 긍정을 나눈다

잘 봐봐

저 미소를

거울을

너를

나를

## 강점
## 찾기

내가
나의
강점을 찾는 것
강점 속에서 긍정의 나를 찾는 것
강점 중심으로 내 모습을 만드는 것

지금은
연습이
필요해

## 나에게 오는

나에게 오는 모든 시간이 복이 되고
나에게 오는 모든 순간이 덕이 되어
나에게 오는 모든 삶이 행복하기를

기도한다

# 용기를 내면

용기를 내면
좋아지는 것들이 많다

용기를 내면
사랑해지는 것들이 많다

용기를 내면
나를 응원하는 사람들이 많아진다

용기를 내면
내 하루가 행복해진다

용기를 내면…

# 칭찬이 필요해

어린 나는 엄마에게
칭찬받으려
앞으로 앞으로

엄마는 자신에게
위로받으려
앞으로 앞으로

나에겐
칭찬이 필요하지
엄마의
욕심이 필요한 게 아닌데

안타깝네…

# 순간의
# 힘

순간의 힘
나는 여기까지구나

포기하려 할 즈음
어디선가 모를
내안의
에너지가 발휘되네
순간의 힘이었어

있잖아
그것

연습하면 된다
용기내면 된다
칭찬하면 된다

넌.

# 누굴 만나도

누굴 만나도
행복하고

누구와 함께
사랑하고

어디서든
만족하고

모두와 함께
기뻐하며 살고 싶다

## 노력의 답

노력하다 보면 답이 온다
실패를 경험한 뒤
노력의 대가는 더 달지

노력은 결국
연습이고
연습은 반복되어져야 하고

반복과 연습은
할 때마다

나의
강한 의지로 답을 주지
용기를 벗 삼아

## 두려움이
## 오면

두려움이 오면
우린,
급속도로 약해진다

아직
만나지 않은 두려움이란 단어만으로
아직
체험해보지 않는 두려움의 공포만으로

손을 들어버리지
그래서 인간이겠지
어쩌면
두려움이 더 강해진 이유이기도 해

## 이름표의
## 꽃

세상살이는
다
연습이 시작이 되고
연습이 반복이 되어
내 삶이 되어
내 삶의 이름표에
꽃이 피어나는 거지

# 칭찬
# 연습

넓고 깊은 바다도
한 없이 푸르고
높은 하늘도

원망보다 칭찬을 들으면
더 푸르르겠지
아픔보다 기쁨을 느끼면 더
더 높이 보이겠지

자연은 거짓말이 없으니
자연도 연습을 했을까
칭찬해주기 연습

어제
그리고
오늘

스스로 알아서 일어서야 하고
스스로 넘어져도 다시 일어서야 하는
우리들의
어제와 오늘 그리고 내일은

행복해지기 위한 연습
용감해지기 위한 연습
아픔을 이기기 위한 연습
용기 내야 하는 연습이 필요하다

# 칭찬
# 그리고
# 격려

무슨 일을 해도 안 되는 부정에서
한마디의 긍정언어로 사람을 움직이게 하는
가장
강력한 도구는
"칭찬"과 "격려"의 힘이다.

## 미친
## 세상

욕심 내고
양보 없고
앞만 보고

질주하고
질투하고
경쟁하는

미친 세상

거기서 나오고 싶다

# 연습이
# 필요해

"뭘 해도 잘 안돼요"라는 말
진짜 안되는 경우가 많았지

"계획이 있었군요"라는 말
막힘 없이 아우토반처럼 되었지

긍정언어 연습이 곧 칭찬이 되기에
긍정행동 연습이 꼭 반드시 필요해

# 소중한 것

말하지 않으면
누구도 모른다

행동하지 않으면
어떤 이도 모른다

나를 소중하게 여기지 않으면
아무도 소중하게 여기지 않는다

말하고
행동하고
나를 소중히 여기는
나로 살자

# 버티는 것

버티는 것도
힘이 있어야 해

이기고 싶음
힘을 가져

가고 싶음
힘을 내

하고 싶음
용기를 내고

# 꿈꿀 권리

꿈을 꾸는 건
누구나 할 수 있는 자율권

꿈을 이루는 건
누구나 할 수 있는 행동권

꿈을 위한 도전
누구나 할 수 있는 노력권

하지만
아무나 이룰 수 없는 현실권

노력이 현실이자 용기였구나

# 용기가 필요해

우리는
매 순간순간
도전의 연속이지

용기가 없는 사람
용기가 필요한 사람

도전은
두려운 게 아니고
용기가 없었던 거야

## 나에게
## 주는
## 용기

양팔로 내 어깨를
석 자를 크게 외치며

잘했어
잘하고 있어
잘될 거야
걱정하지 마

나에게 내가 용기를 주었어요
좋네요

## 왠지

나만 그렇지 않구나
라는
생각이 드리울 때
왠지
마음의
위로가 되더라
웃기지

# 그 시점

용감해지는 건
용기를
내는
그
시점부터다

## 하다
## 보면

처음부터

완벽하게

다

잘할 순 없지

하다 보면

가다 보면

잘해지는 법이야

## 한 번만

한 번만 인정해주면 더 좋을 건데
한 번만 인정해주면 더 잘할 건데
한 번만 인정해주면 더 열심히 할 건데
한 번만 인정해주면 더 행복할 건데
그 한 번의 인정이 안 된다

# 오직

나는 어느 것에도 기대지 않으려 한다

사람에게도
사랑에게도
마음에게도
친구에게도
너에게도

오직
나에게만…

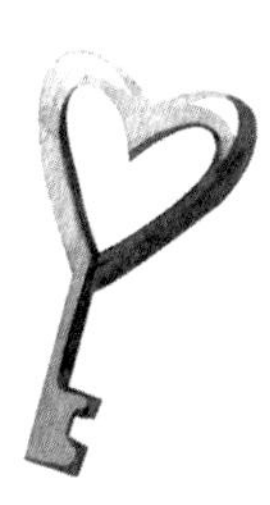

## 어제 할 걸

내 시간 안에 사는 사람들은 바쁘다
내 공간 안에 사는 사람들은 잘났다
내 시선 안에 사는 사람들은 멋지다
내 상상 안에 사는 사람들은 부자다

고개 돌려
그 모든 생각
한곳에 넣어 싹 쓸어버리니

가벼워진다
행복해진다

어제 할 걸 이 짓을…

## 비워내는
## 연습

비워내는 연습
많이 있다고 행복하지 않는 것처럼
없다고 불편해지는 것도 아니다

비워내는 연습
갖진 게 많아서 부러움을 사는 것처럼
갖지 못해서 슬픈 것도 아니다

비워내는 연습
아무리 채워도 채워지지 않는 것처럼
아무리 담고 싶어도 담아지지 않는 것처럼

지금은 비워내는 연습의 수행길에 서리라

## 연습과
## 도전

연습과 도전, 그 중심엔
늘
우리가 있지

지루한 연습
반복된 복습
완벽을 기하는 순간들

덕분에
내가
내 자리를 찾아가네

# 참 용기

아픔이 있어도
아픔을 인내하며
끝까지 이겨내는 힘

두려움이 있어도
두려움을 피하지 않고
커다란 용기 내는 힘

아픔과 두려움보다
더 큰 힘을 찾는 것이
참 용기다

# 5장

# 사랑하기 연습

# 보여주기
# 식

보여주기식의 사랑은

흐르는 강물 같아
소리는 나지만

시간따라
추억따라

남는 게
없어
진심이
없어

# 사랑의 힘

부족한 사람
불편한 사람
불평쟁이 사람
이기적인 사람
욕심 많은 사람
수
많은
단점을
있는 그대로 봐주는 건
"사랑의 힘"
아주 얄궂은
그런 힘이야

## 사랑의
## 감정

사랑의 감정은
일곱색깔
고운빛 무지개와 같다

빛을 내는
하나 하나의
아름다운 색처럼

사랑 앞에서는
마음과 몸이 하나되어
밤하늘 별처럼
빛이 나지

# 사랑을
# 할
# 때는

사랑을 할 때는

주저하지 마

한 걸음

물러설

때마다

네 옆에

기다리는

사람은

떠날 준비를 하니까

# 어느새

웃다가
울다가
반복하다보면
어느새
손을 잡고 있다

사랑은
그렇게
웃다-울다
울다-웃다
자연스럽게 쌓여가는 거야

## 나의
## 사랑
## 나무

사랑하는 마음도
나무처럼 자라는 법이지

알맞은 토양과 햇살과 바람과 물
그리고 애정과 관심이 필요하지

나의 사랑 나무는
얼마나 자랐을까
궁금해

## 별

함께
여행하며
나누었던
많은
추억들은
언제나
그리움으로
내 가슴 깊이
별이 되어 빛날 거야

별은 밤이 되면
또 만날 수 있으니
다행이다

# 그런 것이

사랑은
하면 할수록
피어나는
예쁜 꽃 같아

보는 이도 웃고
느끼는 이도 기쁜
그런 게 사랑 같아

# 내 사랑은

내 사랑은
네잎클로버 행운처럼

내 사랑
은맑은 하늘의 구름처럼

내 사랑은
하하호호 웃음소리처럼

내 사랑은
그를 향해 달리는 중

# 사랑받을 연습

들꽃들도 연습을 한다
날 봐 달라고
노래를 부르고
바람에
몸을 흔들어보고
떨어지는 꽃잎을
잡아도 보고

그렇게

늘 사랑받을 연습을 한다

# 사랑은
# 그렇게

사랑은
늘 내 편 같지만
사랑은
반대편에 서 있었다
사랑은
내가 가는 만큼 만
사랑으로
돌려주었다

사랑은 그렇게
나에게
늘 노력하는 연습을 가르쳐주었다

## 오늘은
## 이유 없이

오늘은
아무 이유 없이

누군가를 먼저

안아주기
기뻐해 보기
행복해 보기
사랑해 보기

## 사랑하는 나에게

사랑하는 나에게
긴 시간
가난과 싸우며
이겨야만 살 수 있다는 생각으로
긴 세월
앞만 보고 달려온
너의 열정은 어디론가 사라지고
진짜가 아닌
가짜의 날들의
반복되는 수많은 인연 속에서
허덕이며 여기까지 달려와 준

고마운 나에게 말할래
감사한 나에게 말할래

사랑한다
사랑한다
사랑한다
아낌없이 용기 내어 작은 고백을 하네

## 행복해지기
## 연습

되돌릴 수 없는 어제보다는

즐길 수 있는 오늘을

더 더 더

많이

행복해지기로

매 순간 연습한다

## 사랑의
## 언어도구

오늘 당신
참
이쁘네요
멋지네요
최고네요
아름답네요
사랑스럽네요

사랑의 언어도구들
말하자 직접
써보자 직접
나에게 그리고
타인에게

# 내 안

약해 보이지만
약하지 않은
내면

강한 척하지만
바람 불면 쓰러지는
외면

반대로 보이지만 실은
사랑받고 싶어 하는
내 진짜 모습일 거야

# 행복하기
# 위해

행복하기 위해 사랑을 합니다
사랑은 그런 겁니다
사랑하는데 불편하고
사랑하는데 아픈 건

지금 사랑에 이별이 다가오는 중
지금 사랑은 재점검이 필요하단 뜻

사랑하기를 연습하거나
사랑을 포기하거나

지금은 선택의 시간

# 툭

한 번씩 툭
던지며 전하는
내 안부가
더 반가운 날이다

답장이 늦어도
답장이 없어도

나는 나에게
나를 기억하는 너에게
안부를 전했다는
위안의 날이다

# 사실은
# 사랑

지우고 싶을 때 있어
사라지길 바랄 때도 있지

가시 되어 내 살을 찌르는 아픔 같을 때
먹어도 먹어도 배가 부르지 않을 때

사랑이 아니라고
말하려 들지만
사실
사랑이었고
아픔이었고
추억이었어

다시 생각해봐

# 사랑
# 주기

너라는
사람이
나에게
얼마나
소중하고
중요한
존재인지
알게 된

"사랑주기"를
시작한 하루
그 하루의 첫마디

고맙다
내 곁에 있어줘서

# 뭐지

공원에서 걸을 때 생각나고
맛집에서 먹을 때 생각나고
백화점에서 구경할 때 생각나고

이러는 거
뭐지

헤어진 게 맞나
이별이 맞나

이러는 거
아쉬움인가

용기 내봐
다시 한번

## 너와
## 함께

오늘은

너와 함께
차를 마시고
너와 함께
걷기를 하며
너와 함께
고민을 나누려

너에게
가는 중

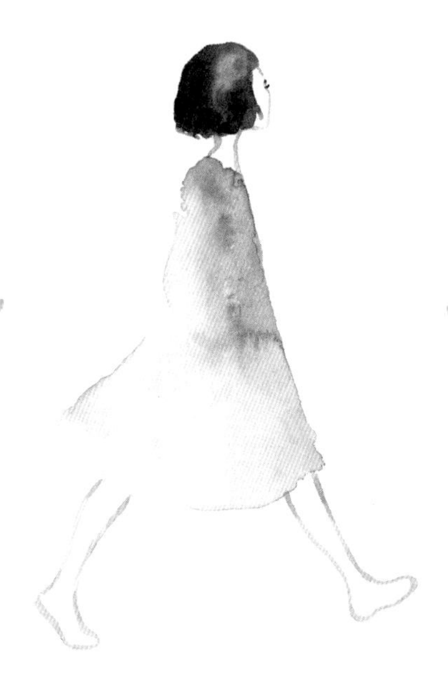

## 사랑은

사랑은
남은 시간으로 나누는 것이 아니고
사랑은
일부러 만나 만들어 가는 것이야
사랑은
서로에게 있어 불편함이 아냐
사랑은
서로에게 있어 편안함이야

거기서부터가
시작이지
환상이 걷힌
진실된 시간
사랑의 맨얼굴부터

## 기다려봐

사랑이 장난처럼 느껴질 때

우리에겐 아직

사랑이 오지 않은 거야

기다려봐

진짜 사랑이 오길

## 가슴
## 시린
## 사랑

사랑이
아픈 건
연습해도
이루어질 수 없다는 걸
가슴 시리게
느낄 때

## 추억의
## 한
## 페이지

봄날
새싹은 어둠을 이기며 세상 밖
눈 부신 햇살과 마주하지

사랑은
처음엔 서툴고 어려워
일방통행의 연속이지
동감을 넘어 공감의 맘으로
먼저 안아주면

봄날 사랑처럼
새싹이 트고
잎이 나고
꽃이 피어나지

서로를 알아가는 추억의 한 페이지처럼

## 사랑해주기
## 연습

내가 나를 사랑하기
내가 나에게 칭찬하기
내가 나에게 위로하기
내가 나에게 기뻐하기
내가 나에게 웃음주기
내가 나에게 설레기
내가 나에게 해보는 연습
사랑해주기 연습 중

# 불공평한 사람의 마음

사람의 마음은
참
불공평하다

내가
더
사랑한다고
느낄 때
상처까지
더
많이 받는다

# 그
# 사랑

명품처럼
완벽하게
다가오지 않아도 되는데

입고 있는 그대로
알고 있는 그대로
살아가는 모습 그대로
다가오면 나는 충분한데

왜 자꾸만
꾸미려 드니
왜 자꾸만
거짓말을 하니

싫어진다
그 사랑

# 가을
# 하늘

즐거움이 행복을 만들어
사랑하는 마음을 만들어
지금의 우리를 만들어
서로 마주하며
웃고 있네

사랑하는 마음이 고맙고
사랑하는 서로가 애틋한

가을하늘 오후에

# 천천히

당신의 사소한 관심이
부담스럽고
아프기도 해
그러니
조금은 천천히 다가가기 연습
조금은 덜 관심갖기 연습을 하자

너랑 나랑
천천히
우리 서로
충분히

# 사랑은
# 그냥

사랑이 오래가고
사랑이 멀리 가고
사랑이 추억되고
사랑을 곁에 두고
사랑을 안아주면

그것이
사랑이라 생각하지만
그것을
사랑이라 착각하고 있다
사랑은
그냥
봐주면 된다
지금 있는 그대로

## 찐사랑

사랑은

그리움
아픔
기다림
고통
슬픔
행복
모든 것들을
다 견뎌내야만
"찐사랑"이라 할 수 있다

## 사랑이란
## 이름으로

당신의 말 한마디가
가시처럼 들릴 때도

당신의 행동이
폭풍처럼 다가올 때도

당신의 마음이
서리처럼 차가울 때도

사랑이란 이름으로
당신을 사랑할 수 있을까

## 내가
## 누굴

내가 누굴 사랑한다는 건
그 누군가의 생각을 바르게 봐주는 것이지
내가 누굴 사랑한다는 건
그 누군가의 마음을 알려 노력하는 것이지
내가 누굴 사랑한다는 건
그 누군가에게 공감하려 애쓰는 것이지
사랑을 하는 건
그렇게
내
감정의 연습부터 해야지
내
마음부터 긍정화 되어야지

## 아름다운
## 꽃

사랑은
억제와 강요 속에서
꽃이 피지 않는다

사랑은
구속이 되어지는 순간부터
무너진다

사랑은
자유롭고 자율적일 때
향기 나는 아름다운 꽃이 피어난다

## 너의
## 내일

어느 구름에
비가 담겨 있을지는 아무도 모르지

어느 구름에서든

한번은
크게 터지고
시원하게
넓게 퍼질 거야

너의 내일이 그리될 거야

# 신기한
# 마법

이별에는 이유가 있지만
사랑에는 이유가 없다
사랑하는 순간
묻지도
따지지도 않는

사랑하는
하나를
만나게 되면
다른 모든 게 잘 보이지 않는다
신기한 마법에 걸리게 되는 거야
그러니 이유가 있을 리가…

## 사랑해요

"사랑해요"라는 말
들으면
들을수록
참 좋네요

그래서
계속 말해요

사랑해요
사랑해요
사랑해요

# 받기만 했다

받기만 했다
받고만 싶었다
받으니 좋았다

주려고
하니

방법을 잘 모르겠다
그래서 내가 받은 사랑을
돌이켜본다 나는 과연
그만큼 줄 수 있을까
더 사랑할 수 있을까

## 사랑병

사랑의 병에는
대상을 더욱더
사랑하는 게
제일 센
약이다

# 사랑의
# 초대

칭찬은 상대를 기쁘게 하고
이해는 상대를 편하게 한다
사랑은
사랑은
상대를
내 맘으로 초대하여
아낌없이 환대하는 것이다

# 일기처럼
# 편지처럼

사랑은
아주 오래된
일기처럼
익숙하고
편안하게
느껴지지만

사랑은
늘 새로운
편지처럼
설레고
긴장되고
기대된다

# 에필로그

사랑하는 마음들
가득 가득 담아서
페이지 한 장 한 장
내 마음 있는 그대로 솔직한 감정들을
모아 모아 글로 표현하는 동안
참 많이 행복했네요

감사함으로
뭉클해지는 설렘과 기쁨을 만끽하며
마지막 장을 써내려 갑니다

사람이란 본디
타고난 재능이 각기 다름을 인지하고 살아가는데
재능만 믿고 사는 사람이
성공하지 못하는 이유는
아마도 지속의 열정과
에너지 발산이 멈추었기 때문이라 생각해요

난 오늘도 내일도
나의 에너지와 재능과 열정을 현재 진행형으로
불사르고 분출하고 발포하여
지치지 않는 샘처럼 살아있다며 외치고 싶습니다
지금처럼

# 연습 중인 우리들의 삶 이야기

이명숙 지음

발행처 도서출판 청어
발행인 이영철
영업 이동호
홍보 천성래
기획 남기환
편집 이설빈
디자인 이수빈 | 김영은
제작이사 공병한
인쇄 두리터

등록 1999년 5월 3일
(제321-3210000251001999000063호)

1판 1쇄 발행 2024년 6월 15일

주소 서울특별시 서초구 남부순환로 364길 8-15 동일빌딩 2층
대표전화 02-586-0477
팩시밀리 0303-0942-0478
홈페이지 www.chungeobook.com
E-mail ppi20@hanmail.net

ISBN 979-11-6855-251-7(03810)